लोक व्यवहार में कुशलता

लोक व्यवहार में कुशलता

लेस गिबलिन

अनुवाद : डॉ. सुधीर दीक्षित

MANJUL
मंजुल पब्लिशिंग हाउस

मंजुल पब्लिशिंग हाउस

कॉरपोरेट एवं संपादकीय कार्यालय

द्वितीय तल, उषा प्रीत कॉम्प्लेक्स, 42 मालवीय नगर, भोपाल-462003

विक्रय एवं विपणन कार्यालय

7/32, अंसारी रोड, दरियागंज, नई दिल्ली-110002

वेबसाइट : www.manjulindia.com

वितरण केन्द्र

अहमदाबाद, बेंगलुरू, भोपाल, कोलकाता, चेन्नई,
हैदराबाद, मुम्बई, नई दिल्ली, पुणे

लेस गिबलिन द्वारा लिखित मूल अंग्रेजी पुस्तक
स्किल विद पीपल का हिन्दी अुवाद

Skill with People by *Les Giblin* - Hindi Translation

यह संस्करण भारत में 2017 में पहली बार प्रकाशित।
द्वितीय आवृत्ति 2021

अनुवाद : डॉ. सुधीर दीक्षित

ISBN   978-81-8322-675-2

मुद्रण व जिल्दसाज़ी : थॉमसन प्रेस (इंडिया) लिमिटेड

1965 में नेशनल सेल्समैन ऑफ़ द ईयर।

उनकी पुस्तक "हाउ टु हैव कॉन्फ़िडेन्स ऐंड पावर इन डीलिंग विद पीपल"
की लाखों प्रतियाँ बिक चुकी हैं।

उनके क्लाइन्ट्स में शामिल हैं :
जनरल इलेक्ट्रिक • मेरिल लिंच • ऐमवे • मोबिल
• जॉनसन ऐंड जॉनसन वेस्टर्न इलेक्ट्रिक
• अमेरिकन सेविंग्स ऐंड लोन इंस्टीट्यूट
• ट्रैवलर्स • न्यू यॉर्क लाइफ़
• नैशनल एसोसिएशन ऑफ़ इन्श्योरेन्स एजेन्ट्स
• नैशनल स्पोर्टिंग गुड्स एसोसिएशन पीजीए
• रिटेल ज्वैलर्स ऑफ़ अमेरिका
• 700 शीर्ष स्टोर।

स्वागत

लोगों के साथ व्यवहार करने की योग्यता सभी मानव गुणों में सबसे ज़्यादा पुरस्कार देती है।

लोगों के साथ व्यवहार करने की आपकी योग्यता ही आपके कारोबारी जीवन, पारिवारिक जीवन और सामाजिक जीवन की गुणवत्ता तय करती है।

इस पुस्तिका में जो जानकारियाँ और तकनीकें दी जा रही हैं, उनसे लोगों के साथ व्यवहार करने की आपकी योग्यता काफ़ी बेहतर हो जाएगी।

इनका इस्तेमाल करें!

इस अति महत्त्वपूर्ण क्षेत्र में आपकी मदद करने में मुझे खुशी हो रही है।

शुभकामनाएँ!

अनुक्रम

मानव ज्ञान # 1

**हम कैसे सीखते हैं
(और कैसे ख़रीदते हैं)**

83%	देखकर
11%	सुनकर
3.5%	सूँघकर
1.5%	छूकर
1%	स्वाद लेकर

मानव ज्ञान # 2

हम कैसे जानकारी याद रखते हैं

10%	जो हम पढ़ते हैं
20%	जो हम सुनते हैं
30%	जो हम देखते हैं
50%	जो हम देखते और सुनते हैं
70%	जो हम देखते और कहते हैं
90%	जो हम किसी चीज़ को करते समय कहते हैं

मानव ज्ञान # 3

सिखाने के तरीक़े	3 घंटे बाद स्मृति	कुछ दिनों बाद स्मृति
अकेले में बोलकर बताना	70%	10%
अकेले में दिखाना	72%	29%
बोलकर बताने और दिखाने का मिश्रण	85%	65%

1

लोगों और मानव स्वभाव को समझना

लोगों के साथ व्यवहार करने (सफल मानव संबंधों) की योग्यता बढ़ाने की दिशा में पहला क़दम है लोगों और उनके स्वभाव को सही तरीक़े से समझना।

जब आपके पास मानव स्वभाव और लोगों की सही समझ होती है - जब आप जान जाते हैं कि लोग वे चीज़ें क्यों करते हैं जो वे करते हैं - जब आप जान जाते हैं कि लोग निश्चित परिस्थितियों में क्यों और कैसे प्रतिक्रिया करते हैं - तभी, और सिर्फ़ तभी, आप लोगों से सफलतापूर्वक व्यवहार कर सकते हैं।

लोगों और मानव स्वभाव को समझने के लिए आपको बस यह पहचानना है कि लोग वास्तव में कैसे हैं; वैसे नहीं जैसा आप उन्हें मानते हैं, वैसे भी नहीं जैसा आप उन्हें बनाना चाहते हैं।

वे कैसे हैं?

इस विचार को दूसरी तरह से देखें – सामने वाले व्यक्ति की आपमें जितनी रुचि है, उससे 10,000 गुना ज़्यादा रुचि ख़ुद में होती है।

और इसका विपरीत भी सच है! आपकी भी ख़ुद में इतनी ज़्यादा रुचि होती है, जितनी संसार के किसी दूसरे व्यक्ति में नहीं होती।

यह बात याद रखें कि लोग स्व-विचार और स्व-रुचि के आधार पर काम करते हैं। यह गुण लोगों में इतना शक्तिशाली होता है कि परोपकार करते समय भी सबसे अहम विचार यह होता है कि उस दान देने से देने वाले को कितनी संतुष्टि या ख़ुशी मिलती है; यह नहीं कि उस दान से दूसरों का कितना भला होगा। वह दूसरे स्थान पर आता है!

आपको इस बात पर क्षमा माँगने या शर्मिंदा होने की ज़रूरत नहीं है कि मानव स्वभाव अपने हितों से संचालित होता है। यह संसार की शुरुआत से ऐसा ही रहा है और संसार के अंत तक ऐसा ही रहेगा। हम सभी इस मायने में समान हैं।

लोगों की ख़ुद में बुनियादी रुचि होती है, यह जानकारी आपको एक ठोस बुनियाद देती है, जिससे आप लोक-व्यवहार की अट्टालिका बना सकते हैं।

इस ज्ञान से आपका अन्य से व्यवहार शक्तिशाली और उत्कृष्ट बन जाएगा। बाद वाले अध्यायों में आपको इस ज्ञान के आधार पर निर्मित कई सफल तकनीकें मिलेंगी।

सुखद जीवन की कुंजी यह समझना है कि लोगों की बुनियादी रुचि आप में नहीं, बल्कि ख़ुद में होती है।

2
———

लोगों से बातचीत करने में
माहिर कैसे बनें

लोगों से बात करते समय वह विषय चुनें, जो उनके लिए संसार का सबसे रोचक विषय है। उनके लिए संसार का सबसे रोचक विषय क्या है?

वे ख़ुद!

जब आप उनसे उनके बारे में बातचीत करते हैं, तो वे गहरी रुचि लेंगे और मंत्रमुग्ध होकर सुनेंगे। ऐसा करने पर वे आपके बारे में अच्छा सोचेंगे।

जब आप लोगों से उनके बारे में बात करते हैं, तो यह व्यवहार का सही तरीक़ा है। आप मानव स्वभाव के अनुकूल काम कर रहे हैं। जब आप लोगों से अपने बारे में बात करते हैं, तो यह व्यवहार का ग़लत तरीक़ा है। आप मानव स्वभाव के ख़िलाफ़ काम कर रहे हैं।

———
19

इन चार शब्दों को अपने शब्द भंडार से निकाल दें –

'मैं, मुझे, मेरा, मैंने'

इन चार शब्दों की जगह पर बस एक शब्द रख दें – मानव जिह्वा द्वारा बोला गया सबसे शक्तिशाली शब्द :

'आप'

उदाहरण के लिए, 'यह आपके लिए है,' 'यदि आप यह करते हैं, तो इससे आप को लाभ होगा,' 'इससे आपका परिवार खुश हो जाएगा,' 'आपको दोनों लाभ मिलेंगे,' आदि।

कुंजी – आपको अपने बारे में या 'मैं, मुझे, मेरा, मैंने' शब्द बोलने से जो संतुष्टि मिलती है, यदि आप उस संतुष्टि का त्याग कर देंगे, तो आपके व्यक्तित्व की कार्यकुशलता और आपके प्रभाव व शक्ति में बहुत वृद्धि होगी।

मैं मानता हूँ कि यह करना मुश्किल है और इसमें अभ्यास करना होगा, लेकिन लाभ इतने ज़्यादा हैं कि ऐसा करना चाहिए।

बातचीत में लोगों की स्व-रुचि के इस्तेमाल का एक अच्छा तरीक़ा यह है कि उनसे उनके बारे में बात कराई जाए। आप पाएँगे कि लोग किसी दूसरे विषय के बजाय अपने बारे में बात करना चाहते हैं।

यदि आप तिकड़म लगाकर लोगों से उनके बारे में बात कराते हैं, तो वे आपको बहुत ज़्यादा पसंद करेंगे। इसके लिए आप उनसे उनके बारे में सवाल पूछ सकते हैं, जैसे :

'आपका परिवार कैसा है, जॉन?'

'......सेना में...... कैसा चल रहा है?'

'आपकी बेटी फ़िलहाल कहाँ रह रही है?'

'आप कंपनी में कितने समय से हैं?'

'श्रीमती......, क्या यह आपका गृहनगर है?'

'श्री......, आप...... के बारे में क्या सोचते हैं?'

'क्या यह आपके परिवार का फ़ोटो है?'

'क्या आपको अपनी यात्रा में आनंद आया?'

'मैरी, क्या आपका परिवार आपके साथ गया था?'

हममें से ज़्यादातर लोग दूसरों के साथ प्रभावी इसलिए नहीं होते हैं, क्योंकि हम खुद के बारे में सोचते और बात करते रहते हैं। हमेशा याद रखें, महत्त्वपूर्ण यह नहीं है कि आपको अपनी टिप्पणियों और विषय में कितनी रुचि है; महत्त्वपूर्ण तो यह है कि आपके श्रोता उन्हें कितना पसंद करते हैं।

इसलिए जब दूसरों से बात करें, तो उनके बारे में बात करें। उनसे उनके बारे में बात कराएँ।

इस तरह आप सबसे दिलचस्प बातचीत करने वाले बन सकते हैं!

3

लोगों को महत्त्वपूर्ण महसूस कराने में कुशल कैसे बनें

मानव जाति का सबसे सर्वव्यापी गुण क्या है? वह गुण जो आप में और हर दूसरे व्यक्ति में है! वह गुण जो इतना शक्तिशाली है कि इसी की वजह से लोग वे अच्छी-बुरी चीज़ें करते हैं, जो वे करते हैं। यह गुण है - महत्त्वपूर्ण होने की इच्छा, मान्यता पाने की इच्छा।

अगर आप मानव संबंधों में सुयोग्य बनना चाहते हैं, तो लोगों को महत्त्वपूर्ण महसूस कराएँ। याद रखें, आप लोगों को जितना ज़्यादा महत्त्वपूर्ण महसूस कराते हैं, वे उतनी ही ज़्यादा अच्छी प्रतिक्रिया करेंगे।

हर व्यक्ति चाहता है कि उसके साथ किसी ख़ास व्यक्ति जैसा बर्ताव किया जाए। यह 'लाज रखने' की एशियाई आदत का आधार है।

कोई भी यह नहीं चाहता कि उसके साथ आम व्यक्ति जैसा व्यवहार किया जाए। जब आप उन्हें नज़रअंदाज़ करते हैं या नीचा दिखाते हैं, तो आप उनके साथ ऐसा ही व्यवहार कर रहे हैं।

यह ध्यान रखें कि सामने वाला व्यक्ति ख़ुद के लिए उतना ही महत्त्वपूर्ण है, जितने आप अपने लिए हैं। इस जानकारी के आधार पर किया गया व्यवहार सफल मानव संबंधों का स्तंभ है।

लोगों को मान्यता कैसे दें और उन्हें महत्त्वपूर्ण कैसे महसूस कराएँ? इस बारे में कुछ सलाहें ये हैं :

1. **उनकी बात सुनें। (अध्याय 5 देखें, 'लोगों की बात सुनने में सुयोग्य कैसे बनें')**

   लोगों की बात सुनना उन्हें महत्त्वपूर्ण महसूस कराने का सबसे अच्छा तरीक़ा है। उनकी बात नहीं सुनने से उन्हें महत्त्वहीन होने का अहसास होता है।

2. **उनकी प्रशंसा करें।**

   जब वे इसके हक़दार हों।

   प्रशंसा सच्ची होनी चाहिए।

   मान्यता और प्रशंसा बुनियादी मानवीय आवश्यकताएँ हैं।

3. **उनके नामों का यथासंभव इस्तेमाल करें।**

   लोगों का नाम लेकर उन्हें बुलाएँ। इससे वे आपको पसंद करेंगे। 'गुड मॉर्निंग, जॉन/मैरी' कहना सिर्फ़ 'गुड मॉर्निंग' कहने से बेहतर है।

4. **उनकी बात का जवाब देने से पहले रुकें।**

   इससे उन्हें लगता है कि आप उनकी कही बात पर सोच-विचार कर रहे हैं और यह इतनी महत्त्वपूर्ण थी कि विचार करने लायक़ थी।

5. ‘आप’ और ‘आपका’ शब्दों का इस्तेमाल करें।

याद रखें, ‘मैं, मुझे, मेरा, मैंने’ शब्दों से बचना है।

‘आप’ और ‘आपका’ से उन्हें ज़्यादा महत्त्वपूर्ण होने का अहसास मिलता है।

6. उन लोगों को मान्यता दें, जो आपसे मिलने का इंतज़ार कर रहे हैं।

यदि लोगों से इंतज़ार कराना अनिवार्य हो, तो उन्हें बता दें कि आप जानते हैं कि वे इंतज़ार कर रहे हैं। यह सचमुच ख़ास व्यक्ति जैसा बर्ताव है।

7. समूह के हर व्यक्ति पर ध्यान दें।

समूह का मतलब सिर्फ़ लीडर या प्रवक्ता नहीं होता; समूह एक से ज़्यादा व्यक्तियों से मिलकर बनता है।

4

लोगों के साथ सहमत होने में कुशल कैसे बनें

मानव संबंधों में सुयोग्य बनने के लिए आप शायद एक सबसे महत्त्वपूर्ण क़दम यह उठा सकते हैं कि आप सहमत होने की कला में महारत हासिल कर लें।

वास्तव में, यह हमारे युग की बुद्धिमत्ता का अनमोल मोती है। सहमत होने की इस आसान तकनीक से आपको जीवन में इतनी ज़्यादा मदद मिलेगी, जितनी शायद किसी दूसरी चीज़ से नहीं मिल सकती।

जब तक आप ज़िंदा हैं, यह बात कभी न भूलें कि कोई भी मूर्ख दूसरे लोगों से असहमत हो सकता है। सहमत होने के लिए एक समझदार इंसान, एक चतुर इंसान, एक बड़े इंसान की ज़रूरत होती है - ख़ास तौर पर तब, जब सामने वाला ग़लत हो।

सहमत होने की कला के छह हिस्से हैं :

1. **सुखद बनना और लोगों से सहमत होना सीखें।**

   खुद को सहमति की मानसिक स्थिति या नज़रिये में ले आएँ।

   सुखद स्वभाव विकसित करें। स्वाभाविक रूप से सुखद व्यक्ति बनें।

2. **जब आप लोगों से सहमत हों, तो उन्हें बता दें।**

   लोगों के साथ सहमत होना ही काफ़ी नहीं है। लोगों को यह बताना भी ज़रूरी है कि आप उनकी बात से सहमत हैं।

   अपना सिर 'हाँ' में हिलाएँ। ऐसा करते समय उनकी तरफ़ देखें और उनसे कहें, 'मैं आपकी बात से सहमत हूँ' या 'आप सही हैं।'

3. **जब आप लोगों से असहमत हों, तो इसे तब तक ज़ाहिर न करें, जब तक कि बेहद ज़रूरी नहीं हो।**

   यदि आप लोगों की बात से सहमत नहीं हो सकते, और कई बार आप सचमुच नहीं हो सकते, तो अपनी असहमति को प्रकट नहीं करें, जब तक कि ऐसा करना बेहद ज़रूरी नहीं हो।

   आप आश्चर्यचकित रह जाएँगे कि ऐसा कितनी कम बार होगा!

4. **जब आप ग़लत हों, तो स्वीकार करें।**

   जब भी आप ग़लत हों, तो स्पष्टता से कहें – 'मैंने एक ग़लती की!' 'मैं ग़लत था!' आदि। इसके लिए एक बड़े इंसान की ज़रूरत होती है। जो व्यक्ति ऐसा करता है, लोग उसकी प्रशंसा करते हैं।

सामान्य व्यक्ति या तो झूठ बोलता है, इंकार करता है या फिर बहाने बनाता है।

5. बहस करने से बचें।

बहस करना मानव संबंधों में सबसे ख़राब तकनीक है। भले ही आप सही हों, लेकिन बहस नहीं करें।

बहस में किसी की जीत नहीं होती है और बहस करना मित्र बनाने का तरीक़ा नहीं है।

6. लड़ाकू लोगों से अच्छी तरह पेश आएँ।

लड़ाकू लोग बस एक ही चीज़ चाहते हैं - लड़ाई।

उनसे पेश आने की सबसे अच्छी तकनीक है - उनके साथ लड़ने से इंकार करना। वे उत्तेजित होंगे, क्रोधित होंगे और फिर मूर्खतापूर्ण दिखेंगे।

सहमत होने की कला :

अ. लोग उन लोगों को पसंद करते हैं, जो उनसे सहमत होते हैं।

ब. लोग उन लोगों को नापसंद करते हैं, जो उनसे असहमत होते हैं।

स. लोगों को अपनी बात से असहमत होना पसंद नहीं आता।

5

लोगों की बात सुनने में कुशल कैसे बनें

आप जितना ज़्यादा सुनते हैं, उतने ही ज़्यादा चतुर बनेंगे, आपको उतना ही ज़्यादा पसंद किया जाएगा और आपकी बातचीत उतनी ही बेहतरीन बनेगी।

लोग अच्छे वक्ता से जितना प्रेम करते हैं, अच्छे श्रोता से उससे बहुत ज़्यादा प्रेम करते हैं। ऐसा इसलिए है, क्योंकि अच्छा श्रोता हमेशा लोगों को यह मौक़ा देता है कि वे उनके सबसे प्रिय वक्ता को सुनें : वे ख़ुद। अच्छा श्रोता बनने से आपको जितनी ज़्यादा मदद मिलेगी, उतनी बहुत कम चीज़ों से मिलेगी।

बहरहाल, अच्छा श्रोता बनना सिर्फ़ संयोग नहीं है। अच्छा श्रोता बनने के पाँच नियम हैं –

1. **बोलने वाले की तरफ़ देखें।**

    अपनी आँखों और कानों से सुनें : जब तक वे बोलते रहें, तब तक देखते रहें।

28

जो भी सुनने लायक़ है, वह देखने लायक़ भी है।

2. वक्ता की तरफ़ झुकें और तल्लीनता से सुनें।

इस तरह नज़र आएँ, जैसे आप एक भी शब्द न चूकना चाहते हों।

हममें रोचक वक्ता की तरफ़ झुकने की प्रवृत्ति होती है; हममें अरुचिकर वक्ताओं से दूर झुकने की प्रवृत्ति होती है।

3. प्रश्न पूछें।

इससे बोलने वाले को पता चल जाता है कि आप उसकी बात सुन रहे हैं।

प्रश्न पूछना चापलूसी का बहुत ऊँचा रूप है।

प्रश्न इतने सरल भी हो सकते हैं :

'फिर क्या हुआ?'

'फिर आपने क्या किया?'

4. वक्ताओं के विषय पर जमे रहें और बाधा नहीं डालें।

किसी व्यक्ति के साथ बातचीत के विषय को तब तक नहीं बदलें, जब तक उनकी बात पूरी नहीं हो जाए, चाहे आप नया विषय शुरू करने के लिए कितने ही बेचैन क्यों न हों।

5. वक्ता के शब्दों का इस्तेमाल करें – 'आप' और 'आपका।'

यदि आप 'मैं, मुझे, मेरा, मैंने' का इस्तेमाल करते हैं, तो आप ध्यान के केंद्र को वक्ता से हटाकर ख़ुद पर ला रहे हैं। तब आप सुन नहीं रहे हैं, बल्कि बोल रहे हैं।

ये पाँच नियम शिष्टाचार से अधिक कुछ नहीं हैं। सुनने में शिष्टाचार दिखाने से आपको जितना फ़ायदा होगा, उतना कहीं और नहीं होगा।

6

लोगों को प्रभावित करने में कुशल कैसे बनें

आप लोगों से जो कराना चाहते हैं, वह कराने की दिशा में पहला बड़ा क़दम यह पता लगाना है कि वे उसे क्यों करेंगे (वे क्या चाहते हैं)।

जब आपको यह पता चल जाता है कि वे किस चीज़ से प्रेरित होंगे, तो आपको यह भी पता चल जाता है कि उन्हें कैसे प्रेरित किया जाए।

हम सभी अलग होते हैं। हम अलग-अलग चीज़ें पसंद करते हैं। हम अलग-अलग चीज़ों को अलग-अलग महत्त्व देते हैं। यह मानने की ग़लती नहीं करें कि दूसरों को भी वही पसंद है, जो आपको पसंद है और वे भी वही चाहते हैं, जो आप चाहते हैं।

पता लगाएँ कि वे किस लक्ष्य की दिशा में बढ़ रहे हैं; उन्हें क्या पसंद है।

फिर आप उनसे वह कहकर उन्हें प्रेरित कर सकते हैं, जो वे सुनना चाहते हैं। आप उन्हें बस यह दिखाते हैं कि वे जो चाहते हैं, उसे कैसे पा सकते हैं, बशर्ते वे उस काम को कर दें, जो आप उनसे कराना चाहते हैं।

यह लोगों को प्रभावित करने का बहुत बड़ा रहस्य है। इसका मतलब अपनी कही बातों से लक्ष्य को भेदना है। लेकिन ज़ाहिर है, आपको यह पता होना चाहिए कि लक्ष्य कहाँ है।

इस सिद्धांत के अनुरूप काम करने का एक उदाहरण देखें। मान लें कि आप एक नियोक्ता हैं और किसी इंजीनियर को अपने यहाँ नौकरी पर रखना चाहते हैं। आप जानते हैं कि कई अन्य कंपनियों ने इस व्यक्ति के सामने नौकरी की पेशकश की है।

'पता लगाएँ कि लोग क्या चाहते हैं,' इस सिद्धांत पर अमल करके आप सबसे पहले तो यह तय करेंगे कि इंजीनियर उस पद और कंपनी में किस चीज़ की तलाश कर रहा है और कौन सी चीज़ उस व्यक्ति को सबसे ज़्यादा आकर्षित करती है। यदि आपको यह पता लगता है कि वह तरक्की के अवसरों से सबसे ज़्यादा आकर्षित होता है, तो आप दिखाएँगे कि आपके यहाँ तरक्की के कितने ज़्यादा अवसर हैं।

यदि उम्मीदवार नौकरी की सुरक्षा के लिए लालायित है, तो आप सुरक्षा के बारे में बात करेंगे। यदि उसके लिए आगे की शिक्षा और अनुभव महत्त्वपूर्ण है, तो आप उस बारे में बात करेंगे। मुद्दे की बात यह है कि आप यह पता लगाएँगे कि इंजीनियर क्या चाहता है, और फिर आप उसे यह दिखाएँगे कि वह जो चाहता है, उसे कैसे पा सकता है, बशर्ते वह उस काम को कर दे, जो आप उससे कराना चाहते हैं (उदाहरण के लिए, आपके यहाँ नौकरी करने आना)।

इस सिद्धांत को इसकी विपरीत स्थिति से काम करके देखते हैं। आइए मान लेते हैं कि आप एक ऐसे पद के लिए आवेदन दे रहे हैं, जिसे आप बहुत ज़्यादा चाहते हैं। सबसे पहले तो आपको आवश्यक योग्यताओं, कर्तव्यों और ज़िम्मेदारियों का पता लगाना चाहिए, ताकि आप उन्हें दिखा सकें कि आप उनकी आवश्यकताएँ और शर्तें पूरी कर सकते हैं। यदि उन्हें फ़ोन पर ग्राहकों को सँभालने के लिए व्यक्ति चाहिए, तो आप यह ज़िक्र कर सकते हैं कि आप फ़ोन पर ग्राहकों को सँभाल सकते हैं (या आपने सँभाला था)। जब आप जान जाते हैं कि वे किस चीज़ की तलाश कर रहे हैं, तो आप वह भाषा बोल सकते हैं, जो वे सुनना चाहते हैं।

लोग क्या चाहते हैं, यह पता लगाने का तरीक़ा है उनसे पूछना, उन्हें देखना और उनकी बात सुनना; इसके अलावा अपनी तरफ़ से इस दिशा में प्रयास करना।

7

लोगों को विश्वास दिलाने में कुशल कैसे बनें

यह मानव स्वभाव है कि जब भी आप अपने लाभ के लिए कुछ कहेंगे, तो लोग आप पर और आपकी कही बात पर संदेह करेंगे।

आप एक अलग तरीक़े से अपनी बात कहकर ज़्यादातर संदेह को दूर कर सकते हैं।

बेहतर तरीक़ा यह है कि आप सीधे-सीधे न कहें, बल्कि किसी दूसरे के हवाले से कहें। अपने पक्ष में किसी दूसरे की कही बात को दोहराएँ, भले ही वह व्यक्ति मौजूद न हो।

मान लीजिए, आपसे यह पूछा जाता है कि आप जो प्रॉडक्ट बेचते हैं, क्या वह लंबे समय तक चलेगा? इस पर आप कह सकते हैं, 'मेरा पड़ोसी चार साल से इसका इस्तेमाल कर रहा है और यह अब भी बढ़िया चल रहा है।'

दरअसल आपका पड़ोसी आपकी तरफ़ से सवाल का जवाब दे रहा है, हालाँकि वह वहाँ पर मौजूद नहीं है।

मान लें, आप किसी पद के लिए आवेदन कर रहे हैं और संभावित नियोक्ता यह पूछता है कि क्या आप कोई ख़ास काम कर सकते हैं। ऐसे में आप यह ज़िक्र कर सकते हैं कि आपके पिछले नियोक्ता आपके काम से कितने ज़्यादा खुश रहे हैं आदि।

यदि आप अपने अपार्टमेंट को किराये पर उठाने की कोशिश कर रहे हैं और संभावित किरायेदार के मन में यह सवाल है कि क्या वहाँ का माहौल शांत है, तो आप यह बता सकते हैं कि पिछले किरायेदारों ने कहा है कि अपार्टमेंट का माहौल बहुत शांत था।

देखिए, इन सारे उदाहरणों में प्रश्न या तहक़ीक़ात का जवाब आप नहीं दे रहे हैं। आपका पड़ोसी, आपके पिछले नियोक्ता और आपके पिछले किरायेदार आपकी तरफ़ से जवाब दे रहे हैं।

आप जिन लोगों से बात कर रहे हैं, वे आपके सीधे जवाब के बजाय इस तकनीक से ज़्यादा प्रभावित होंगे।

यह एक अजीब बात है, लेकिन आपके इस अप्रत्यक्ष तरीक़े से बताई बातों की सच्चाई पर लोगों को ज़रा भी संदेह नहीं होगा। दूसरी तरफ़, अगर आप अपनी तरफ़ से वही बात कहेंगे, तो वे बहुत ज़्यादा संदेह करेंगे।

इसलिए तीसरे व्यक्ति का हवाला दें!

लोगों की कही बातें दोहराएँ।

सफलता की कहानियाँ बताएँ।

तथ्यों और आँकड़ों का प्रमाण दें।

8

लोगों का मन बनाने में कुशल कैसे बनें

लोगों से 'हाँ' कहलवाने में अंदाज़ या उनकी सनक से कहीं ज़्यादा क़िस्मत शामिल होती है।

जो लोग मानव संबंधों में सुयोग्य होते हैं, वे कई तकनीकों और तरीक़ों का इस्तेमाल करते हैं, जिनसे लोगों के 'हाँ' कहने के अवसर काफ़ी बढ़ जाते हैं। (उनसे 'हाँ' कहलाने का मतलब उनसे वह कराना है, जो आप कराना चाहते हैं।)

यहाँ चार अच्छे तरीक़े बताए जा रहे हैं –

1. लोगों को हाँ कहने के कारण दें।

इस संसार में हर चीज़ किसी न किसी कारण से की जाती है। इसलिए जब आप चाहते हैं कि कोई भी इंसान कोई काम करे, तो उसे एक कारण बताएँ कि उसे यह क्यों करना चाहिए।

बहरहाल, यह सुनिश्चित करें कि आप उन्हें जो कारण बताएँ, वे उनके कारण हों। यानी जिनसे उन्हें लाभ और फ़ायदा होता हो।

ग़लत तरीक़ा उन्हें वे कारण बताना है, जिनसे आपको लाभ या फ़ायदा होता हो।

संक्षेप में, लोगों को बताएँ कि आप उनसे जो कराना चाहते हैं, उसे करने से उन्हें क्या लाभ होगा, यह नहीं कि आपको क्या लाभ होगा।

2. 'हाँ' वाले प्रश्न पूछें।

जब आप लोगों से अपनी बात पर 'हाँ' कराने की कोशिश करें, तो इससे पहले उन्हें 'हाँ' की मानसिकता में लाएँ। आप उनसे 'हाँ' वाले दो-तीन प्रश्न पूछकर यह कर सकते हैं।

उदाहरण –

'आप चाहते हैं कि आपका परिवार खुश रहे, है ना?' (ज़ाहिर है, वे चाहते हैं।)

'आप अपने पैसे के बदले में सर्वश्रेष्ठ चीज़ चाहते हैं, है ना?' (ज़ाहिर है, वे चाहते हैं।)

'हाँ' वाला प्रश्न वह प्रश्न है, जिसका जवाब सिर्फ़ 'हाँ' में ही दिया जा सकता है।

'हाँ' वाले प्रश्न के पीछे विचार यह है कि अगर आप लोगों को हाँ की मानसिकता में ले आते हैं, तो आपकी बात पर उनके हाँ कहने की संभावना बढ़ जाती है।

बहरहाल, 'हाँ' वाले प्रश्न सही तरीक़े से पूछें। प्रश्न पूछते वक़्त अपना सिर हिलाएँ और प्रश्न को 'आप' शब्द से शुरू करें।

'आप सर्वश्रेष्ठ प्रॉडक्ट चाहते हैं, है ना?' (अपना सिर हिलाते हुए।)

'आप सुरक्षित भविष्य चाहते हैं, है ना?' (अपना सिर हिलाते हुए।)

3. लोगों को हाँ के दो जवाबों का विकल्प दें।

इसका मतलब यह है कि आप अपनी बात पर लोगों को एक तरीक़े से हाँ कहने या दूसरे तरीक़े से हाँ कहने का विकल्प देते हैं। वे चाहे कोई भी विकल्प चुनें, वे आपसे हाँ कह रहे हैं।

उन्हें हाँ और नहीं के बीच विकल्प न दें, जो तब होता है, जब आप उनसे सीधे-सीधे कोई चीज़ करने का आग्रह करते हैं।

हाँ का मतलब है कि वे आपका कहा काम करेंगे। नहीं का मतलब है कि वे इसे नहीं करेंगे।

महारत का मंत्र यह है कि आप उन्हें अपनी मनचाही चीज़ करने के दो विकल्प दें, जिन्हें वे एक या दूसरे तरीक़े से कर सकते हैं। मिसाल के तौर पर, यदि आपको मि. स्मिथ से अपॉइंटमेंट चाहिए, तो आप कह सकते हैं :

'मि. स्मिथ, क्या आज दोपहर को सही रहेगा, या आप कल सुबह या दोपहर को ज़्यादा पसंद करेंगे?' (आप मि. स्मिथ को मुलाक़ात के समय का विकल्प दे रहे हैं - हाँ वाले जवाबों का विकल्प।)

सबसे कम प्रभावी तरीक़ा अपॉइन्टमेन्ट माँगना है। इस तरह आप उसे हाँ (आपको अपॉइंटमेंट मिल सकता है) और नहीं (आपको अपॉइंटमेंट नहीं मिल सकता) के विकल्प दे रहे हैं।

उदाहरण –

'आप काला वाला चाहते हैं या आप सफ़ेद वाला चाहते हैं?'

(बजाय इसके, 'क्या आप इनमें से एक चाहते हैं?')

'तो आप काम कल शुरू करना चाहते हैं या मंगलवार को?'

(बजाय इसके, 'क्या आप काम शुरू करना चाहते हैं?')

'आप इसका भुगतान क्रेडिट कार्ड से करना चाहेंगे या फिर नक़द?'

(बजाय इसके, 'क्या आप यह चाहते हैं?')

यह तकनीक हर बार काम नहीं करेगी, लेकिन यह ज़्यादातर बार काम करेगी। यह लोगों को हाँ और नहीं कहने के विकल्प देने के बजाय कहीं ज़्यादा बेहतर तरीक़े से काम करेगी।

4. अपनी बात पर लोगों से 'हाँ' कहने की उम्मीद करें और उन्हें महसूस कराएँ कि उनसे हाँ कहने की उम्मीद की जाती है।

जब आप लोगों से अपनी बात पर हाँ कहने की उम्मीद करते हैं, तो यह विश्वास है। बहरहाल, यह विश्वास से ऊपर वाला पायदान है। आप उन्हें महसूस कराते हैं और स्पष्ट अहसास कराते हैं कि उनसे हाँ कहने की उम्मीद की जाती है।

लगभग सभी लोग 'न्यूट्रल' में शुरुआत करते हैं और उन्हें अपनी मनचाही दिशा में ले जाया जा सकता है। जब आप एक बार लोगों को बता देते हैं कि उनसे क्या उम्मीद की जाती है, तो आपकी मनचाही

चीज़ करने में कई लोग कभी संदेह नहीं करते हैं और डगमगाते नहीं हैं।

यह उत्कृष्ट मनोविज्ञान है और पहली कुछ सफलताओं के बाद इसका अभ्यास करना आपके लिए आसान होगा।

9

लोगों की मनोदशा तय करने में कुशल कैसे बनें

आप एक जादुई काम कर सकते हैं, जिससे दस में से नौ लोग आपको तुरंत पसंद करने लगेंगे!

आप एक ही पल में दस में से नौ लोगों को शिष्ट, सहयोगी और दोस्ताना बना सकते हैं! (उसी जादुई काम से।)

तरीक़ा यह है –

1. याद रखें, किसी संबंध के पहले कुछ पल आम तौर पर इसकी आगामी मनोदशा और भावना को तय करते हैं।

2. मानव व्यवहार के दूसरे बुनियादी नियम का उपयोग करें – लोगों में दूसरे लोगों के व्यवहार पर वैसी ही प्रतिक्रिया करने की प्रबल प्रवृत्ति होती है।

   (आइए इसे संक्षिप्त करते हैं : लोग समान प्रतिक्रिया करते हैं।)

तो पहले पल में, कुछ भी बोलने से पहले, अपनी ख़ामोशी तोड़ने से पहले, जब आँखों का पहला संपर्क हो, उसी पल – लोगों की तरफ़ देखकर सच्ची मुस्कान दें।

क्या होगा? वे भी इसी तरह प्रतिक्रिया करेंगे – वे भी मुस्करा देंगे और खुशनुमा व्यवहार करेंगे।

हर मानव संबंध कार्य में – दो लोगों के पारस्परिक व्यवहार में – एक माहौल, एक मनोदशा, एक मंच तैयार होता है।

आपकी योग्यता यह है कि वह माहौल, मनोदशा और मंच आप तैयार करें। इसे या तो आप तैयार करते हैं या फिर सामने वाला तैयार करता है। यदि आप समझदार हैं, तो आप अपने खुद के लाभ के लिए इसे तैयार कर लेंगे।

मानव संबंधों का एक दुखद तथ्य है। लोगों को यह अहसास ही नहीं होता है कि वे जो दूसरे लोगों की ओर भेजते हैं, वही उन्हें दूसरे लोगों से मिलता है।

यदि आप लोगों को सुहाना मौसम देंगे, तो वे भी ऐसा ही करेंगे। यदि आप उन्हें तूफ़ान देंगे, तो आपको भी बदले में तूफ़ान ही मिलेगा।

कुंजी टाइमिंग में निहित है। आपको ख़ामोशी तोड़ने से पहले मुस्कराना चाहिए। इससे गर्मजोशी भरी, मित्रतापूर्ण मनोदशा का मंच तैयार होता है।

आपकी आवाज़ का लहज़ा और चेहरे के हाव-भाव भी महत्त्वपूर्ण हैं, क्योंकि वे आपके आंतरिक विचारों को प्रकट करते हैं।

अपनी मुस्कान को उसी तरह शुरू करें, जिस तरह पेशेवर
मनोरंजनकर्ता और मॉडल करते हैं – खुद से यह एक शब्द कहें :

चीज़

यह कारगर है!

10

लोगों की प्रशंसा करने में कुशल कैसे बनें

लोग सिर्फ़ रोटी पर ज़िंदा नहीं रहते हैं!

लोगों को शरीर के साथ-साथ आत्मा के लिए भी भोजन की ज़रूरत होती है। याद करें, जब किसी ने आपकी तारीफ़ या प्रशंसा की थी, तो आपको कैसा महसूस हुआ था? याद करें, उस अच्छी प्रशंसा से आपका पूरा दिन या शाम कैसे उजली हो गई थी? याद करें, यह अच्छी भावना कितने लंबे समय तक क़ायम रही थी?

देखिए, प्रशंसा पर दूसरे लोग भी उसी तरह प्रतिक्रिया करते हैं, जिस तरह आप करते हैं। इसलिए प्रशंसा भरी बातें कहें, जो लोग सुनना चाहते हैं। सच्ची प्रशंसा से वे आपसे प्रेम करेंगे और आपको भी यह करने में अच्छा महसूस होगा।

अपनी प्रशंसा में उदार बनें। किसी व्यक्ति और किसी चीज़ में प्रशंसा करने वाली चीज़ की तलाश करें और फिर इसे कर दें।

लेकिन –

अ. प्रशंसा सच्ची होनी चाहिए।

यदि यह सच्ची नहीं है, तो इसे नहीं करें।

ब. व्यक्ति की नहीं, कार्य की प्रशंसा करें।

कार्य की प्रशंसा करने से संकोच और दुविधा नहीं रहती। इसमें ज़्यादा संजीदगी झलकती है। इससे आप पक्षपात के आरोपों से भी बच जाते हैं। इससे सामने वाला उस काम को और ज़्यादा करने के लिए प्रोत्साहित होता है।

उदाहरण 1 : 'जॉन, पिछले साल आपका काम सचमुच उत्कृष्ट रहा है।' (बजाय इसके, 'जॉन आप एक अच्छे इंसान हैं।')

उदाहरण 2 : 'मैरी, आपने वर्ष के अंत की रिपोर्टों पर बेहतरीन काम किया है।' (बजाय इसके, 'मैरी, आप एक अच्छी कर्मचारी हैं।')

उदाहरण 3 : 'मि. स्मिथ, आपका लॉन और बगीचा सचमुच सुंदर है।' (बजाय इसके, 'मि. स्मिथ, आप कड़ी मेहनत करते हैं।')

प्रशंसा को विशिष्ट बनाएँ – इसे सटीकता से बताएँ।

खुशी का फ़ॉर्मूला –

कम से कम तीन अलग-अलग लोगों से हर दिन एक प्रशंसा भरी बात कहने की आदत डालें। फिर देखें कि ऐसा करने पर आपको कैसा महसूस होता है!

यह आपकी खुशी का फ़ॉर्मूला है!

जब आप देखते हैं कि आपके ऐसा करने से दूसरों को कितनी खुशी, कृतज्ञता और आनंद की प्राप्ति होती है, तो आपको भी अच्छा महसूस होगा। पाने से ज़्यादा आनंद देने में आता है।

इसे आज़माकर देखें।

11

लोगों की आलोचना करने में कुशल कैसे बनें

सफल आलोचना की कुंजी भावना में निहित है।

यदि आप 'सामने वाले को फटकारने' के लिए या 'उन्हें सबक़ सिखाने के लिए' या 'उन्हें उनकी औकात दिखाने के लिए' आलोचना करते हैं, तो आपको इस आलोचना से कुछ नहीं मिलेगा, बस अपनी भड़ास निकालने की संतुष्टि मिलेगी और सामने वाले का द्वेष मिलेगा; क्योंकि आलोचना सुनने में किसी को भी मज़ा नहीं आता है।

दूसरी तरफ़, अगर आप सुधारवादी काम में - परिणामों में - रुचि लेते हैं, तो आप अपनी आलोचना से काफ़ी कुछ हासिल कर सकते हैं, बशर्ते आप इसे सही तरीक़े से करें। यहाँ कुछ नियम बताए जा रहे हैं, जो इस काम में आपकी मदद करेंगे।

सफल आलोचना के 7 अनिवार्य नियम :

1. **आलोचना बिलकुल अकेले में करना चाहिए।**

   कोई दरवाज़ा खुला नहीं होना चाहिए, आवाज़ ऊँची नहीं होनी चाहिए, कोई सुन नहीं रहा हो।

2. **आलोचना से पहले सामने वाले के बारे में कोई अच्छी बात कहें या उसकी प्रशंसा करें।**

   दोस्ताना माहौल बनाएँ – प्रहार को नरम करें। (उन्हें लात मारने से पहले चूमें।)

3. **आलोचना को अव्यक्तिगत बनाएँ।**

   व्यक्ति नहीं, काम की आलोचना होनी चाहिए।

4. **सही तरीक़ा बताएँ।**

   जब आप किसी को बताते हैं कि वे क्या ग़लत कर रहे हैं, तो आपको उन्हें यह भी बताना चाहिए कि इसे सही कैसे करना है।

5. **सहयोग की माँग करने के बजाय इसका आग्रह करें।**

   यह एक तथ्य है कि आपको लोगों से ज़्यादा सहयोग तब मिलेगा, जब आप इसकी माँग करने के बजाय इसका आग्रह करेंगे। माँगना आख़िरी रास्ता है।

6. **एक अपराध पर एक ही बार आलोचना करें।**

   सबसे न्यायोचित आलोचना भी बस एक बार ही न्यायोचित होती है।

7. **आलोचना को दोस्ताना मोड़ पर ख़त्म करें।**

इस मोड़ पर ख़त्म करें, 'हम मित्र हैं, हमने अपनी समस्याएँ सुलझा ली हैं, आइए मिलकर काम करते हैं और एक दूसरे की मदद करते हैं।' इस मोड़ पर कदापि ख़त्म न करें, 'मैंने तुम्हें फटकार लगा दी है; अब तुम काम में जुट जाओ।'

यह सात नियमों में सबसे महत्त्वपूर्ण नियम है।

12

लोगों को धन्यवाद देने में कुशल कैसे बनें

यह पर्याप्त नहीं है कि आप लोगों के प्रति कृतज्ञ और प्रशंसात्मक महसूस करें। आपको उस कृतज्ञता और प्रशंसा को उन लोगों के सामने भी प्रकट करना चाहिए, जो इसके हक़दार हैं।

ऐसा इसलिए है, क्योंकि यह मानव स्वभाव है कि लोग उन लोगों को पसंद करते हैं और उन पर अच्छी प्रतिक्रिया करते हैं, जो उनके प्रति कृतज्ञता और प्रशंसा का इज़हार करते हैं। वे और ज़्यादा देकर प्रतिक्रिया करते हैं।

यदि आप लोगों के प्रति कृतज्ञ हैं और अगर आप उन्हें बता देते हैं कि आप कृतज्ञ हैं, तो लगभग हमेशा वे आपको अगली बार और ज़्यादा देंगे। यदि आप अपनी कृतज्ञता नहीं दिखाते हैं (भले ही आप कृतज्ञता महसूस कर रहे हों), तो इस बात की संभावना है कि अगली बार जैसा कोई मौक़ा नहीं होगा या आपको कम मिलेगा।

बहरहाल, 'आपको धन्यवाद' कहने की एक कला होती है :

1. **जब आप 'आपको धन्यवाद' कहें, तो दिल से कहें।**

   जब आप लोगों को धन्यवाद दें, तो ईमानदार रहें।

   जब आप सच्ची प्रशंसा करते हैं, तो लोग जान जाते हैं।

   जब आप सच्ची प्रशंसा नहीं करते हैं, तब भी वे जान जाते हैं।

2. **इसे सुस्पष्ट और विशिष्ट अंदाज़ में कहें।**

   लोगों को धन्यवाद देते वक़्त बुदबुदाने या फुसफुसाने से बचें और शब्दों का अस्पष्ट उच्चारण नहीं करें।

   धन्यवाद इस तरह दें, मानो आपको यह बोलने से ख़ुशी हो रही है।

3. **जिन्हें आप धन्यवाद दे रहे हैं, उनकी ओर देखें।**

   आप जिन लोगों को धन्यवाद देते हैं, उन्हें देखना बहुत ज़्यादा मायने रखता है।

   जो भी धन्यवाद देने लायक़ है, वह देखने लायक़ भी है।

4. **नाम लेकर लोगों को धन्यवाद दें।**

   नाम लेकर अपने धन्यवाद को व्यक्तिगत बनाएँ।

   'आपको धन्यवाद' कहने के बजाय 'मैरी, आपको धन्यवाद' कहने से बहुत फ़र्क़ पड़ता है।

5. **लोगों को धन्यवाद देने के लिए मेहनत करें।**

   इसका मतलब अपनी प्रशंसा जताने के अवसर तलाशना है।

आम आदमी स्पष्ट चीज़ों के लिए धन्यवाद देगा – श्रेष्ठ व्यक्ति कम स्पष्ट चीज़ों के लिए भी धन्यवाद देगा।

ऊपर बताए नियम बहुत सरल हैं। लेकिन लोगों को सही तरीक़े से धन्यवाद देने की योग्यता मानव संबंधों में जितनी महत्त्वपूर्ण है, उतनी बहुत कम तकनीकें हैं।

यह जीवन भर आपके लिए अमूल्य साबित होगी।

13

अच्छी छाप छोड़ने में कुशल कैसे बनें

हम अपने बारे में दूसरों की राय को काफ़ी हद तक नियंत्रित करते हैं। हम हर एक के प्रति अजनबी के रूप में शुरुआत करते हैं और हमारे बारे में उनकी राय काफ़ी हद तक हमारे ही व्यवहार से तय होती है। यह जानने के बाद हम सभी को इस तरह व्यवहार करना चाहिए, ताकि दूसरे लोगों पर अच्छा प्रभाव पड़े।

यदि आप चाहते हैं कि लोग आपके बारे में अच्छा सोचें, आपकी क़द्र करें, आपको प्रशंसा व सम्मान की नज़रों से देखें, तो आपको उन पर यह छाप छोड़नी होगी कि आप इसके हक़दार हैं। यह मूलतः इस बात से तय होता है कि आप खुद को कितना महत्त्वपूर्ण मानते हैं।

स्वयं पर गर्व करें (घमंड नहीं)। आप जो हैं, आप जो करते हैं, आप जहाँ काम करते हैं, उस पर गर्व करें। जीवन में अपनी स्थिति या व्यक्तित्व के लिए क्षमा न माँगें। आप जैसे भी हैं, वैसे हैं। इसलिए खुद के बारे में गर्व और सम्मान भरे विचार रखें।

उदाहरण : जब लोग आपसे पूछते हैं कि आप आजीविका के लिए क्या करते हैं, तो आप उन्हें जिस तरह से जवाब देते हैं, वह बहुत महत्त्वपूर्ण होता है। आइए मान लेते हैं कि आप बीमा बेचते हैं। नीचे दिए गए कौन से जवाब में ज़्यादा गर्व झलकता है?

'ओह, मैं तो बस बीमा बेचता हूँ।'

वे संभवतः आपसे प्रभावित नहीं होंगे, क्योंकि आपने उन्हें बता दिया है कि आप प्रभावित करने लायक़ नहीं हैं।

खुद के बारे में गर्व और सम्मान भरे विचार रखें।

'मुझे देश की सबसे अच्छी कंपनियों में से एक ब्लैंक इन्श्योरेन्स कंपनी के साथ जुड़ने का सौभाग्य मिला है।'

आप कल्पना कर सकते हैं कि पहले जवाब के बजाय दूसरे जवाब से सामने वाले व्यक्ति के मन में आपकी कितनी ज़्यादा महत्त्वपूर्ण छाप छूटेगी।

अच्छा प्रभाव डालने के दूसरे तरीक़े :

1. **ईमानदार बनें।**

    सस्ती चापलूसी, खोखले वादों और निरर्थक शब्दों से बचें।

    सिर्फ़ वही बातें कहें, जिन्हें आप सचमुच बोलना चाहते हैं।

    आप जो कहते हैं, उसमें विश्वास करें।

2. **उत्साह दिखाएँ।**

    यह एक अनमोल संपत्ति है। आप जो कर रहे हैं, उसके क़ायल होकर आप इसे हासिल कर सकते हैं।

उत्साह संक्रामक होता है। जब आप खुद को उत्साहित कर लेते हैं, तभी और सिर्फ़ तभी आप दूसरों को उत्साहित कर सकते हैं।

3. उतावले नहीं दिखें।

लोगों के साथ व्यवहार में उतावलापन दिखाने से बचें।

उतावलेपन से लोग सोचने लग जाते हैं और उनके मन में शंकाएँ आ जाती हैं।

जब लोग यह महसूस करते हैं कि आप उनसे कुछ कराने के लिए उतावले हैं, तो उनमें उस काम में रुकावट डालने की प्रबल प्रवृत्ति होती है। उनका सहज बोध उन्हें शंकालु बनने या ज़्यादा सस्ता सौदा हासिल करने के लिए प्रेरित करता है।

अपने उतावलेपन को छिपाएँ। अभिनेता बनें।

4. दूसरों को नीचे गिराकर खुद को ऊपर उठाने की कोशिश नहीं करें।

हमेशा अपनी योग्यताओं के बल पर खड़े हों; दूसरे लोगों को बुरा दिखाकर खुद को अच्छा दिखाने की कोशिश नहीं करें।

जीवन में सच्ची प्रगति आपके खुद के प्रयासों और मूल्य से तय होगी। आप 'दूसरों के शवों पर पैर रखकर' दूर तक नहीं जा सकते।

खुद को महत्त्व दें। आप यह तब करते हैं, जब आप अपनी खुद की योग्यताओं के दम पर खड़े होते हैं। जब आप खुद को अच्छा दिखाने के लिए दूसरों को नीचे गिराते हैं, तो आप खुद को नहीं, उन्हें महत्त्व दे रहे हैं।

5. **किसी व्यक्ति या वस्तु की आलोचना नहीं करें।**

अगर आप कोई अच्छी बात नहीं कह सकते, तो कुछ नहीं कहें।

आलोचना करना ग़लत है, लेकिन यह आलोचना से बचने का मुख्य कारण नहीं है। मुख्य कारण यह है कि आलोचना करने का उलट प्रभाव होता है और इससे सामने वाला पलटवार करके आलोचक को घायल कर देता है।

आलोचना सिर्फ़ इंसान के आंतरिक स्वरूप को उजागर करती है।

चतुर बनें, मधुरभाषी बनें; आलोचना नहीं करें।

14

व्याख्यान देने में कुशल कैसे बनें

यहाँ पर पाँच नियम दिए जा रहे हैं, जिनका पालन करने पर आप रोचक वक्ता बन जाएँगे। रोचक वक्ताओं और नीरस वक्ताओं के बीच ये फ़र्क़ हैं।

1. जानें कि आप क्या कहना चाहते हैं।

अगर आप सटीकता से यह नहीं जानते कि आप क्या कहना चाहते हैं, तो मंच पर खड़े होकर अपना मुँह नहीं खोलें। अधिकार के साथ, ज्ञान के साथ और विश्वास से बोलें। यह तभी हो सकता है, जब आप जानते हों कि आप क्या कहना चाहते हैं।

2. अपनी बात कह दें और बैठ जाएँ।

संक्षिप्त बोलें, मुद्दे पर केंद्रित रहें और फिर बैठ जाएँ।

याद रखें, बहुत कम कहने के लिए कभी किसी वक्ता की

आलोचना नहीं हुई है। यदि आपसे ज़्यादा जानकारी की ज़रूरत होगी, तो लोग पूछ लेंगे।

विजेता की स्थिति में ही छोड़ दें।

3. बोलते समय श्रोताओं को देखें।

इस नियम का महत्त्व इतना ज़्यादा है कि इसमें अतिशयोक्ति नहीं की जा सकती। जो भी बोलने लायक़ है, वह देखने लायक़ भी है।

इसीलिए अपने व्याख्यान पढ़ने वाले शायद ही कभी ज़्यादा प्रभावित कर पाते हैं।

4. जिसमें श्रोताओं की रुचि हो, उस बारे में बोलें।

महत्त्वपूर्ण वह नहीं है, जो आप कहना चाहते हैं। महत्त्वपूर्ण तो वह है, जो श्रोता सुनना चाहते हैं।

आपकी नहीं, श्रोताओं की रुचि सर्वोपरि है।

विजेता और लोकप्रिय वक्ता बनने का अचूक तरीक़ा लोगों को वह बताना है, जो वे सुनना चाहते हैं।

5. भाषण देने की कोशिश नहीं करें।

भाषण देने की कोशिश नहीं करें – बहुत कम लोग ऐसा कर पाते हैं। इसके बजाय चर्चा करें।

स्वाभाविक रहें, अपने असल स्वरूप में रहें। इसीलिए आप चर्चा करते हैं।

आपके पास जो कहने के लिए है, उसे स्वाभाविक रूप से कह दें।